★ Selo “Altamente Recomendável” 2019 – Fundação Nacional do Livro Infantil e Juvenil (FNLIJ)

★ Prêmio 30 Melhores Livros Infantis do Ano, 2019 – Revista Crescer

★ Selecionado para o catálogo brasileiro apresentado na Feira do Livro Infantil de Bolonha 2019, na Itália

ANA ROSA COSTA

ODILON MORAES

Casa de passarinho

EDITORA POSITIVO

A minha mãe, que me ensinou a voar.

A Vinícius e Luiza, que começam a bater as asas para o mundo.

ANA ROSA COSTA

Para Magali, minha mãe, que fala a língua dos bichos.

ODILON MORAES

— ACHO QUE TEM SALA, QUARTO E COZINHA...

— TOMAM SOPA DE MINHOCAS.

— ACHO QUE É DE FORMIGA. EU VI O AMARELO CARREGAR UMA ONTEM.

— O MAIS CINZA RECLAMA IGUAL À MAMÃE QUANDO O PAPAI DEMORA PARA FAZER O QUE ELA QUER.

— ELE BUSCOU UM GALHO DE MADEIRA E LEVOU LÁ PRA DENTRO.

— É UM PRESENTE PRA ELA!

— JÁ ENTROU...

... E SAIU

... MAIS DE MIL VEZES!

– DEPOIS DA SOPA VÃO JOGAR DOMINÓ.

— NÃO VÃO, NÃO! VÃO VER TELEVISÃO. SENÃO A CASA NÃO FICAVA AÍ EMBAIXO DA ANTENA.

— SERÁ QUE SÃO NAMORADOS?

— ACHO QUE É CASAMENTO.

— CAIU UM GALHO DE NOVO.

— ESTÃO FAZENDO A FAXINA.

— SERÁ FESTA?

— VAI TER DOCINHOS DE BANANA E MAMÃO. VI OS DOIS PEGANDO AS FRUTAS NO QUINTAL.

– VAI TER MÚSICA TAMBÉM.

— TODO DIA DE MANHÃ, ELE CANTA E CANTA. ACHO QUE ESTÁ ENSAIANDO.

— OLHA! TEM ALGUMA COISA SAINDO.

— É PEQUENO IGUAL AO CINZA.

— É UM BEBÊ PASSARINHO!

— VIVA! VIVA! ELE VAI...

— VOOU!

— FOI EMBORA.

— OLHA UMA FORMIGA CARREGANDO UMA FOLHA!

— SERÁ QUE VAI TER CASAMENTO?

Dados Internacionais para Catalogação na Publicação (CIP)
(Maria Teresa A. Gonzati / CRB 9-1584 / Curitiba, PR, Brasil)

C837 Costa, Ana Rosa.
Casa de passarinho / Ana Rosa Costa ; ilustrações Odilon Moraes.
Curitiba : Positivo, 2018.
40 p. : il.

ISBN 978-85-467-2380-5

1. Literatura infantil. I. Moraes, Odilon. II. Título.

CDD 820

Gerente editorial: Júlio Röcker Neto
Gerente de arte e iconografia: Cláudio Espósito Godoy
Supervisora de arte: Elvira Fogaça Cilka
Edição: Cristiane Mateus
Projeto gráfico e capa: Fabíola Castellar e Odilon Moraes
Tratamento de imagens: Fernando Lossano e Pith Haiducki
Revisão: Felipe Ramalho da Silva e Luiz Henrique Tobias
Engenharia de produto: Solange Szabelski Druszcz

Rua Major Heitor Guimarães, 174
80440-120 – Curitiba – PR
Site: www.editorapositivo.com.br
Fale com a gente: 0800 723 68 68

Impressão e acabamento:
Gráfica e Editora Posigraf Ltda.

1.ª edição
3.ª impressão

Impresso no Brasil
1 2 3 4 5 6   8 9 10 11 12

2019